LE WAGON LITTÉRAIRE.

CHANSONS ET POÉSIES FUGITIVES,

PAR

DEVIEU,

Ancien élève du Collége de Sainte-Barbe, membre de la Société des auteurs dramatiques.

De Boileau, beaux parleurs, je répète le style :
« La critique est aisée, et l'art est difficile .. »

INGOUVILLE
IMPRIMERIE DE L. ROQUENCOURT, GRAND'RUE, 42.

1851

LE WAGON LITTÉRAIRE.

CHANSONS ET POÉSIES FUGITIVES,

PAR

DEVIEU,

Ancien élève du Collége de Sainte-Barbe, membre de la Société des auteurs dramatiques.

INGOUVILLE

IMPRIMERIE DE L. ROQUENCOURT, GRAND'RUE, 42.

1851

A quelques amis de mon collège qui me reprochaient de faire des chansons.

Désaugiers a dit :

> « Les vers sont enfants de la lyre :
> » Il faut les chanter, non les lire.»

Cette épigraphe, qu'il adresse à tous les vers, convient principalement à la chanson. Despréaux l'a bien senti lorsqu'il a répété avec Lamothe-Houdart : *Rien ne tue l'esprit de la chanson comme de la lire.* Ce n'est même pas assez de la chanter, il faut encore que l'air s'ajuste aux paroles. On dit proverbialement : *C'est l'air qui fait la chanson.* Il est certain qu'il en est l'âme. Le choix de l'air n'est donc pas indifférent, et contribue certainement au succès. Quel serait l'effet d'une romance sentimentale sur l'air de la *Monaco* ou du *Curé de Pomponne ?*

L'Italie est, sans contredit, le pays des chanteurs ; mais, si les Italiens nous retirent quelques notes, ils ne nous disputeront pas la gloire de faire des chansons spirituelles et agréables. Nous sommes plus riches en ce genre que tous les autres peuples, et même je ne crains pas d'assurer que le nombre de nos bonnes chansons excède celui des chansons bonnes et mauvaises de tous les pays. Le Français excelle dans tous les genres : simple et tendre dans la romance, il y met parfois la grâce et la douceur de l'élégie ; s'il se lasse de soupirer et de se plaindre, ses vers ont quelquefois l'élégance et toute la poésie de l'idylle ; léger, folâtre dans la chanson, pétillant d'esprit dans les couplets ; original et d'une fécondité inépuisable dans le vaudeville, il est souvent redoutable dans ses épigrammes, car il attache à celui qui en est le but, un ridicule qui ne saurait le blesser directement, quoiqu'il l'attaque en face.

Malgré ce talent que nous avons poussé jusqu'à la perfection, talent qui semble particulier à notre nature, ainsi qu'à notre climat, et que j'oserais presque appeler endémique, on fait, en général assez peu de cas des chansons ; à entendre même quelques amis de mon collège, on ne devrait plus prendre la plume après Racine et Molière ; le pinceau après Raphaël et Michel-Ange ; le ciseau après Phidias et Praxitèle.... Erreur ! chacun en venant au monde apporte sa vocation : Désaugiers et Béranger en sont des preuves incontestables ; tout en suivant la même carrière, ne sont-ils pas arrivés tous les deux au même degré de gloire ?.... L'un, Désaugiers, a excellé dans la chanson épicurienne, anacréontique, dans le tableau vrai des mœurs populaires ; Béranger, plus sévère, plus satirique, a fait de l'Aristophane et du Rabelais, voilà tout.

La facilité qu'il y a à composer une chanson médiocre, est cause qu'il n'existe peut-être pas un homme sachant écrire, quelquefois même ne le sachant pas, qui n'ait fait en sa vie quelques couplets; pas un artiste, un artisan, un honnête commerçant, un légiste, qui, un beau jour, ne se soit senti inspiré par la fête de sa femme, par le désir de louer un protecteur, par celui de lancer une épigramme en refrain sur une personne de sa société. Il assemble, tant bien que mal, des rimes au bout de huit lignes de huit syllabes chacune, et il obtient un grand succès dans son petit cercle. Quel jeune homme n'a pas soupiré son premier amour sur l'air de la romance à la mode? Quel écolier n'a pas chansonné son professeur et fait des couplets de bonne année pour ses parents?

Il n'existe pas un poète célèbre qui n'ait fait quelques chansons. Clément Marot, Scarron, Sarrazin, Voltaire, Chaulieu, Gresset, Jean Baptiste, Jean-Jacques Rousseau, Boufflers, Delille, Parny et mille autres encore dont les noms feraient un dictionnaire. Des princes ont aussi anobli la muse chansonnière : on connaît les chansons du fameux Thibaut, comte de Champagne et roi de Navarre; celles de François Ier, de Henri IV, de Charles IX et de Marie-Stuart.

Les chansonniers d'aujourd'hui ne bornent pas leur ambition à des succès de famille ou de société : ils briguent l'honneur d'occuper le public de leurs ouvrages, ils visent à la réputation. Il est, au reste, deux moyens de lancer son nom dans la popularité : ces deux moyens sont les extrêmes. Soyez le chantre dévoué d'un parti dominant, vous serez répété par tout le monde : les uns vous chanteront par enthousiasme, les autres par peur, ceux-ci par hypocrisie, ceux-là par entraînement. C'est l'histoire de la *Marseillaise* et de la *Parisienne*. Ces chansons ressemblent parfois au *credo* chanté par des athées.

Les chansons, jusqu'au XVIe siècle, ne furent en France que des poésies joyeuses ou amoureuses qui remplissaient les veillées des oisifs ou les momens que les gens occupés, pouvaient donner à l'amusement ; mais, à dater de ce temps, nous voyons les chansons ou vaudevilles prendre un caractère historique et satirique. On trouve dans les recueils manuscrits de la bibliothèque nationale de Paris des chansons sur les guerres de François Ier et de Charles-Quint, sur la bataille de Pavie, sur le combat de Jarnac et de la Chateigneraie, sur la mort de Henri II, de Charles IX, sur l'insolence des mignons de Henri III, sur l'assassinat de ce prince. Le recueil de chansons historiques, en 60 volumes, fait par M. de Maurepas, et conservé au cabinet des manuscrits de la bibliothèque nationale de Paris, est une chose des plus curieuses et des plus remarquables de ce genre. Il y a, dans ces chansons, des circonstances et des particularités qui ont échappé aux historiens; il y a la couleur locale, celle de l'esprit public; il y a, pour l'observateur, des nuances qui donnent aux faits leur véritable physionomie. En effet, au milieu des horreurs des guerres civiles qui ensanglantèrent la France depuis Charles IX jusqu'à Henri IV, on voit un débordement de chansons licencieuses et impies qui s'accorde avec les misères et les désordres de ce temps. La liberté de penser et l'extrême licence introduite dans tous les ordres de l'état amenèrent ensuite la chanson satirique, qui se maintint au milieu des troubles dont elle s'alimentait, et qui prit plus tard, dans les mains de Blot, de Hotman et de l'abbé de Marigny, le nom de Mazarinades.

Sous le règne masqué de Louis XIV, les chansons amoureuses, les pastorales et les madrigaux abondèrent; on vit à cette époque une poésie de sentiment où régnaient seules, la douceur et la mollesse. Les chansons semblaient modelées sur les opéras de Quinault, qui avait, comme on le disait alors si spirituellement, *désossé la langue*, et la cour et la ville roucoulaient les airs de Lambert et fredonnaient les chansons gracieuses de Benserade, de Linières et les refrains joyeux du célèbre Boursault. On chantait aussi dans la bonne société les chansons de Coulange, et celles de Madame et de Mademoiselle Deshoulières.

La régence, qui fut un temps de festins, de plaisirs et de débauches élégantes, ne manqua pas aussi de chansons.

Le règne de Louis XV vit fleurir Vergier, Dufrenny, Lamonnoye, Haguenier, Latteignant, qui firent aussi des chansons pour la société, tandis qu'une foule d'auteurs, maintenant oubliés, en faisaient sur le peuple, sur les jésuites, sur la paix et la guerre, sur les victoires et les défaites. Il faut joindre à ces noms ceux de Piron, Gallet, Collé, Favart et bien d'autres encore dont la nomenclature serait par trop longue.

L'avènement de Louis XVI, son mariage, la naissance du Dauphin, font naître encore un déluge de chansons où l'enthousiasme de l'espérance devenait la critique la plus amère du dernier règne.

A notre première révolution, tandis que le peuple fredonnait des chansons assez mal faites, quelques poètes, ainsi que de nobles météores, s'élevaient pour anéantir ces grossiers refrains; et, d'admirables chansons guidaient à la gloire une jeunesse bouillante. Après l'hymne des Marseillais, chef-d'œuvre inimitable, même pour son auteur, je dois parler de Chénier, qui a droit à la deuxième place par son Chant du Départ.

Dans l'une des strophes de cet hymne, l'auteur rendit un juste hommage à deux jeunes héros, ou, pour mieux dire, à deux héros enfans, dont l'histoire impartiale transmettra à la postérité la plus reculée les noms et le dévoûment :

> « De Barra, de Viala le sort nous fait envie ;
> « Ils sont morts, mais ils ont vaincu.
> » Le lâche accablé d'ans n'a point connu la vie !
> » Qui meurt pour le peuple a vécu.»

Le musicien ne resta pas au-dessous du poète : exalté par cette sublime inspiration, Mehul en doubla le prix par ses énergiques accords, et j'ajoute, comme une circonstance mémorable, qu'ils furent composés en quelques instants, sur le coin d'une cheminée, au milieu des causeries d'un salon.

Ainsi, trois des plus remarquables productions lyriques de nos jours, sont nées d'improvisations du génie : le Chant du Départ, l'air : *O Patrie ! du Tancredi*, nommé en Italie *l'aria dei Rizzi*, parce que Rossini le composa pendant qu'on apprêtait le riz de son repas ; enfin, la Marseillaise, qui, nouvelle Pallas, dans l'exaltation fiévreuse d'une nuit avancée, sortit tout armée du cerveau de Rouget de l'Isle.

Exécutée d'abord par l'orchestre et les chœurs du Conservatoire de Musique, dans la fête nationale de 1794, pour célébrer le souvenir de la prise de la Bastille, le Chant du Départ devint promptement populaire ; il fut accueilli avec transport par nos armées, qui lui donnèrent ce mémorable baptême de frère de la Marseillaise. Il est, en effet, aussi beau de majesté et d'énergie, que l'autre de verve et d'enthousiasme. Aussi leur souvenir restera-t-il à jamais uni dans les glorieuses annales des guerres de notre indépendance.

On doit aussi remarquer l'hymne religieux des Théophilanthropes : (1)

Père de l'univers, suprême intelligence !

qui retentit dans les temples, veufs, pour un temps, du culte catholique.

L'empire reconstitua la France sur une base plus solide ; la chanson revint encore, et jamais peut-être on n'en fit davantage.

La raison en est simple, gloire au-dehors ; richesse au-dedans, pour préoccupation politique, les bulletins de la victoire !....

Un refrain se présente naturellement sous ma plume :

Ces temps-là ne sont plus !

Et, puisque nous en sommes sur les choses oubliées, remarquons une des calamités de notre siècle : *On ne chante plus à table*. Ce plaisir, si cher à toutes les époques ; serait de nos jours une tradition fabuleuse, sans la fidélité de quelques honnêtes bourgeois et des joyeux goguettiers.

Je ne prétends pas pour cela soutenir que tout le monde doive s'occuper de chansons ; certes, il serait ridicule, et d'un ridicule achevé, de voir des hommes voués à d'importans travaux, s'amuser à des chansons ; ils les estiment à leur juste valeur et ne méprisent rien de ce qui est bon, parce qu'ils savent, mes chers amis de collége, *que rien n'est facile à bien faire.*

Anacréon ne s'est-il pas immortalisé par ses chants ?..... Enfin, la chanson a trouvé moyen de se glisser jusque dans les tragédies. On se rappelle les couplets de Marino Faliero :

« *Gondolier la mer t'appelle.* »

Est-il besoin de nommer Casimir-Delavigne, le versificateur exact, le

---

(1) Nom composé de deux mots grecs qui signifient : « Adorateurs d Dieu et amis des hommes. »

conservateur du goût classique, même au sein du drame? C'est en chantant qu'il a célébré la gloire de 1830, où brillent les plus belles images? A-t-on bien remarqué l'harmonie imitative de son dernier couplet de la Parisienne?

Tambours du convoi de nos frères, etc.

Abandonnons maintenant les grands maîtres de la chanson, et descendons dans les caveaux ; nous entendons le refrain d'Armand-Gouffé :

Plus on est de fous, plus on rit.

Là, nous arrivons au véritable poète populaire, à mon bon et pauvre ami Emile Debraux. Sa verve était franche, expansive, tout-à-tour grandiose et grivoise. Heureux qui répète après lui :

« *Ah ! qu'on est fier d'être Français*
» *Quand on regarde la Colonne.* »

Refrain devenu banal à force de sublimité !

Les premières années de mon pauvre ami n'offrirent rien de remarquable, si ce n'est une prédilection marquée pour la chanson, dont il essayait déjà à comprendre le mécanisme, en accolant aux mots des rimes plus ou moins heureuses qu'on l'entendait fredonner partout où on le rencontrait.

Dans sa jeunesse, il occupa un emploi à la bibliothèque de l'Ecole de Médecine; mais son amour de l'indépendance, qui fut le caractère dominant de sa vie, ne lui permit pas d'y rester. Il ne pouvait pas imprimer à sa jeune muse l'élan patriotique qui remplissait son âme ; c'en fut assez pour qu'il se démit de cette place.

Aussi, je répète avec notre célèbre poète Béranger :

> Mais, direz-vous, il avait donc des rentes ?
> Eh ! non, Messieurs, il logeait au grenier ;
> Le temps, au bruit des fêtes énivrantes,
> Râpait, râpait l'habit du chansonnier.
> Venait l'hiver; le bois manquait à l'âtre ;
> La vitre, au Nord, étincelait de fleurs ;
> Il grelottait, mais sa muse folâtre
> Du pauvre peuple allait sécher les pleurs.

Et le peuple, dont il était l'âme, lui faisait tout oublier : la misère présente et celle qui menaçait son avenir.

> Toujours enfant, gai jusqu'à faire envie,
> En étourdi vers le plaisir poussé ;
> Pouffant de rire à voir couler sa vie
> Comme le vin d'un tonneau défoncé ;
> Sifflant le sot sous la croix qu'il découvre,
> Ou sur son char le grand mal affermi ;
> Sans s'informer par où l'on monte au Louvre.
> Du pauvre peuple il est resté l'ami.

En 1815, lorsque la trahison eût livré la France à l'étranger, il fut indigné des humiliations dont on accablait notre vieille armée, et le sentiment profond de la gloire qui s'attachait aux exploits de nos guerriers, lui inspira des chants dans lesquels il fit revivre tous les souvenirs propres à réveiller l'orgueil national.

Ce fut à cette époque qu'il composa : le *Prince Eugène*, le *Mont-Saint-Jean*, refrains qui parvinrent en peu de temps dans les plus petits hameaux ; on répétait ces chants sous le chaume, à la charrue, dans les ateliers, au cœur de Paris, à la cime des Alpes et dans les plaines de la Beauce.

. . . .

La France alors pleurait l'éclat des armes,
Et les grandeurs dont le cours l'ébranla ;
La voix d'Emile, évoquait notre histoire ,
Du cabaret ennoblit les échos ;
C'était l'asile où se cachait la gloire :
Le pauvre peuple aime tant les héros !

Jamais poète n'obtint un succès plus complet et plus populaire ; ce qui démontre que notre auteur faisait vibrer une corde pour laquelle il y avait de l'écho dans toutes les âmes, au moment où il n'était plus un seul coin du territoire où l'on ne s'irritât du joug.

Oh ! ce n'était pas un chansonnier ordinaire que mon bon ami Emile ! Ses chansons patriotiques répondaient au vif besoin d'opposition de l'époque où il les composa. Voyez quelle colère de nationalité et d'indépendance dans ses couplets, quel orgueil de nos victoires, quelle douleur de nos revers ! Lisez la *Veuve du Soldat*, morceau épique où brillent d'admirables strophes ; lisez l'ode intitulé *Marengo*, hymne sainte de la première République ; l'*Appel aux Députés*, et tant d'autres que le défaut d'espace m'empêche de mentionner.

Malgré son apparente insouciance, Emile comprenait plus que personne peut-être, les affections de famille ; il aimait de dévoûment et de cœur sa femme, auprès de laquelle il trouvait consolation, bonheur et sympathie ; sa femme qui n'a pas quitté un instant son lit de moribond, qui l'a senti s'éteindre sur son sein.

Ce fut le 12 février 1831, que mourut mon pauvre et bon ami Emile: une maladie chronique, qui, depuis longtemps déjà, menaçait ses jours, l'enleva à trente-trois ans à sa famille et à ses nombreux amis.

C'étaient ses chants que disait notre ivresse,
Chants que nos fils sauront bien rajeunir :
De son passage est-il un grand qui laisse
Au pauvre peuple un si doux souvenir !

Emile Debraux vivra toujours dans la mémoire du peuple. Le temps n'est pas loin, j'en suis certain, où l'on appréciera, pour ce qu'il vaut, ce talent si vrai, si original ; et, pour cela, il ne faut que lire ses chansons.

La mission poétique d'Emile fut, comme vous le voyez, d'intéresser à nos gloires, comme d'égayer par des idées plaisantes. Il fut suivi dans cette carrière, mais non pas imité ; j'affirme donc, avec connaissance de cause, qu'il mériterait dans nos souvenirs mieux que la seconde place; mais, hélas ! le monde est si changeant !

Petite Préface adressée à mes Chansons.

———⟨◦⊙⊙◦⟩———

Portraits calqués sur la nature ,
 Amusements de mon loisir,
Gais refrains par qui je m'assure
Moins de gloire que de plaisir ;
Coulez enfants de ma paresse ;
Mais, si d'abord on vous caresse,
 Refusez-vous à ce bonheur ;
Dites, qu'échappés de ma veine,
 Par hasard, sans force et sans peine,
Vous méritez peu cet honneur.

Les Quatre Saisons de la Vie d'une Grisette.

Air du rondeau des deux Maitresses, ou *C'est sur l'Herbage*
(de Margot),

De la Grisette,
Tendre, coquette,
Voilà le fidèle portrait ;
Et de sa vie
Jeune, fleurie,
Les quatre saisons trait pour trait.

Encore enfant, la petite égrillarde,
Déjà convoite et pompons et rubans ;
Puis, dans sa glace à tous moments regarde
Son doux sourire et ses appas naissans.

De la Grisette, etc.

Le printemps vient : elle est déjà pressée
D'approfondir le secret de l'amour ;
Si le secret n'est que dans sa pensée,
Neuf mois après, il paraît au grand jour...

De la Grisette, etc.

Quand l'été vient, jurant d'être fidèle,
D'un gros richard elle accepte les vœux ;
Elle court, vole au plaisir qui l'appelle ;
Tout en courant fait encor des heureux !...

De la Grisette, etc.

L'automne arrive : elle est plus réfléchie,
De sa toilette écarte les témoins,
Couvre son âge, elle-même l'oublie,
Pour son amant elle est aux petits soins.

De la Grisette, etc.

Voici l'hiver : la belle inconsolable
Trouve que l'homme est bien petit, bien vain,
Invoque Dieu, par la crainte du diable,
Vante son cœur, et médit du prochain.

De la Grisette, etc.

UNE FABLE VÉRITABLE.

Sur la cîme d'un arbre, un Limaçon grimpé
  Fut par un aigle aperçu d'aventure :
Comment à ce haut poste, oubliant ta nature,
As-tu pu t'élever? dit l'oiseau. — J'ai rampé.

  Combien , dans le siècle où nous sommes ,
  De Limaçons parmi les hommes !

LA MISÈRE EN HABIT NOIR.

Air : *de Céline,* ou *du Vaudeville du 1.ᵉʳ prix.*

Je vois, dans ce siècle de frères,
Des artisans laborieux,
Lancer des regards trop sévères
Sur des gens mis autrement qu'eux,
C'est une injustice jalouse
Et difficile à concevoir :
La pauvreté porte la blouse ,
La misère est en habit noir.

Sur ce costume qui vous fâche,
Vous jetez en vain le mépris :
Chacun de nous connaît sa tâche,
Et reste au chemin qu'il a pris.
Excusez ma parole franche :
Quant au bal vous dansez le soir,
Quelqu'un travaille le dimanche ;
C'est la misère en habit noir.

L'ouvrier vieillit en famille ;
Quand il a fini ses travaux,
Près de sa femme et de sa fille,
Il goûte un bienfaisant repos...
Mais dans un coin plus solitaire ,
Un homme rêveur vient s'asseoir...
Sans qu'une voix lui dise: Espère !
C'est la misère en habit noir.

Sous le sabre et la baïonnette,
Qu'un peuple entier baisse le front,
Qui donc ose lever la tête
Et dire, nos maux finiront !
C'est l'écrivain plein de courage
Qui, pénétré d'un saint espoir,
Veut que son prochain le partage !
C'est la misère en habit noir.

COUPLET

SUR UN PREMIER TENOR DE PROVINCE.

Air du Vaudeville de la Famille de l'Apothicaire.

Lorsque j'entends ce grand tenor.
Je dis grand, parce qu'il possède
La taille d'un tambour-major,
Et même je crois qu'il excède....
Il faut le voir se démener,
Sur tous les ut comme il s'étale ;
Bref, comme il sait bien entraîner
Les spectateurs.... hors de la salle !

MEDOR

OU

LE CHIEN DU CHANSONNIER.

Air : *Du baiser au porteur.*

Achille, avant d'entrer en lice,
Haranguait, dit-on, ses chevaux ;
Mézence eut le même caprice,
Et Dagobert, malgré ses lourds travaux,
Soupait avec des chiens fort beaux....
Rien n'empêche qu'à leur exemple,
Puisque je me fais coupletier ,
En vers je ne bâtisse un temple

Au chien du pauvre chansonnier !
En vers je vais bâtir un temple
Au chien du pauvre chansonnier.

Des chats il a la gentillesse,
Des agneaux toute la douceur,
Des singes toute la souplesse,
Et des renards le coup-d'œil scrutateur ! *(Bis.)*
Pour les vertus que chez toi je contemple,
Puisque je me fais coupletier,
En vers je vais bâtir un temple } *Bis.*
Au chien du pauvre chansonnier !

Sensible aux soins que ma mère lui donne,
Il la caresse et la suit pas à pas ;
Même il irait, tant sa nature est bonne,
Mordre tous ceux qui ne l'aimeraient pas. *(Bis.)*
Et si parfois le chagrin me contemple,
Toi, mon Médor, pour le faire oublier,
De la gaîté tu me donnes l'exemple : } *Bis.*
Honneur au chien du pauvre chansonnier.

Malgré ta mine gentillette,
Narguant l'amour, tu vis en vrai Caton,
On dit pourtant qu'une chienne coquette
Voudrait porter ton joli petit nom !... *(Bis.)*
En acceptant cette douce alliance,
Tu pourrais bien fuir de notre quartier...
Garde toujours ta première innocence,
Et sois fidèle au pauvre chansonnier !...
Ah ! dans ton cœur garde bien l'innocence,
Et sois fidèle au pauvre chansonnier !...

Des bons amis, francs égoïstes,
Des coquettes, des vaniteux,
Des faux dévots, aux regards tristes,
Et des bavards, gascons fort ennuyeux... *(Bis.)*
Quand tu les vois, pour chasser leur nature,
Vite, Médor, ferme ! il faut aboyer ;
Car ces gens-là redoutent la morsure
Du chien d'un pauvre chansonnier !
Oui, ces gens-là redoutent la morsure
Du chien du pauvre chansonnier !

Quand la mort de sa main livide,
Viendra me toucher pour partir,
Je prirai Dieu... puis d'une âme candide
Dans le repos j'irai m'ensevelir...   (*Bis*)
Ah! pour payer mes soins avec usure,
Du corbillard qui sera le premier...
Triste et pensif derrière la voiture?
Médor, le chien du chansonnier!
Qui marchera derrière la voiture?
Le chien du pauvre chansonnier!

LE POÈTE MOURANT.

(STANCES ÉLÉGIAQUES.)

> « Le vice, le bonheur, l'infortune tiennent
> à un souffle. Vous mourrez : deux heures
> après on ne pense plus à vous. Vous vivez,
> on n'y pense pas davantage. Qu'importe
> vos joies, vos peines, votre existence, non-
> seulement à votre voisin qui ne vous a ja-
> mais vu ; mais encore à cette tourbe
> qu'on appelle vos amis? Pourquoi donc se
> faire une affaire de la vie? Elle ne mérite
> pas la moindre attention. »
>
> (*Pensées de* CHATEAUBRIAND)

Un mal brûlant, un long délire,
Consume mes jours et mes nuits;
Et toi, ma compagne, ô ma lyre!
Tu n'adoucis plus mes ennuis.
Loin des tourments de Prométhée,
Mes faibles mains t'ont rejetée;
Un murmure fut ton adieu.
O Parnasse! je pleure encore
Les concerts de ce luth sonore
Qui m'élevaient jusqu'à ton Dieu!

Ma jeunesse fut mensongère,
On crût la voir naître et fleurir;
Mais comme la plante étrangère,
On la voit naître et se flétrir.
Sur ma paupière défaillante
De l'inspiration brillante,

Ne descendent plus les rayons :
On juge mes faibles prémices ;
Ne jugez pas... d'autres esquisses
Attendaient encor mes crayons.

Que l'espoir de l'homme est frivole !
Longtemps jouet d'un sort fatal,
L'encens, la palme, au Capitole
Appelaient ton char triomphal.
Près d'y monter, la mort te frappe !
Moi, sur ta lyre qui m'échappe,
Je fondais ma postérité.
Illusion deux fois ravie !
Mais tu n'as perdu que la vie,
Et je perds l'immortalité.

Dieu, dont le sceptre d'or gouverne
Et le monde et les élémens,
Des vils coupables de l'Averne
Pourquoi me garder les tourmens ?
Tu mis pour moi la poésie
Dans une coupe d'ambroisie,
Source des sublimes transports ;
Et grâce au malheur qui me presse,
De cette coupe enchanteresse
Ma soif n'a touché que les bords.

Consolateurs de ma retraite,
Nobles écrits, livres charmans,
Ah ! pour vous aussi je regrette
Une jeunesse de tourmens ;
Mais voudrai-je qu'un art habile
Rendit à mon ombre débile
Ces ans qu'on traîne sans jouir ?
Non, plutôt la mort dévorante,
Que ces longs jours, flamme expirante,
Toujours prête à s'évanouir.

Reine de cette poésie
Au chant fier ou plein de douceurs,
Toi que mes vœux avaient choisie
Dans le chœur brillant des neuf sœurs ;
Déesse de l'hymne lyrique,
Si pour moi ton vol pindarique

N'a plus d'ailes ni de flambeaux ,
Laisse à ma cendre inanimée
Cette tardive renommée
Qui vole du pied des tombeaux.

Amis, la tête couronnée,
Venez dans ce triste festin,
Saisir ma lyre abandonnée
Pour l'heure où m'attend le destin.
Bercez-moi de riants mensonges :
De l'illusion aux doux songes
Prenez les traits aériens,
Et pendant mes rêves de gloire,
S'ouvrira la porte d'ivoire
Qui rend des sons élyséens.

J'entends votre voix empressée :
Art des vers, tu fais nos adieux.
Quoi ! de ma lyre délaissée
Partent ces chants mélodieux !
O prestige ! ô douce merveille !
Poursuivez, mon âme s'éveille ;
Sous des fleurs vous cachez mon sort,
Et votre bienfaisant hommage
Répand un céleste nuage
Sur le front glacé de la mort.

ÉPITAPHE ANTICIPÉE.

Mortels, sous cet abri, je ne suis plus des vôtres ;
Fortune, espoir, amour, vous en tromperez d'autres.

Les Bonnets de toutes les Couleurs.

AIR : de *Madame Favart.*

On fait mille chansons nouvelles,
On chante sur tout et sur rien,
Chaque jour on chante les belles,
Les voleurs, les hommes de bien,

L'amour, la guerre, les grisettes,
Les médecins et les procès ;
Moi, si je saisis mes tablettes
C'est pour vous chanter les bonnets.

Je mets le bonnet de police
Sur la tête de nos soldats,
Et le bonnet de la justice
Sur la tête des avocats ;
Pour dérober les apparences,
Certains maris... cornus, dit-on,
Cachent leurs deux protubérances
Sous des grands bonnets de coton.

Pour couvrir la tête du sage
Je prens le bonnet de Caton ;
Pour fillette à gentil visage
Je prends le bonnet de Ninon ;
A nos viveurs à rouges trognes
Je mets le bonnet de Comus,
Et je coiffe tous les ivrognes
Avec le bonnet de Bacchus.

Je mets le bonnet de Voltaire
Sur la tête de nos auteurs,
Et je prends celui de Molière
Pour recouvrir les vrais acteurs....
Je mets le bonnet fantastique
Sur la tête du magicien.
Mais je coiffe la République
Avec le bonnet phrygien.

Lorsqu'un cafard rempli de ruse
Ose attaquer l'ordre des lois,
Je prends le bonnet de Raguse
Pour en couvrir cet Iroquois.
A nos modernes empiriques
Je mets des bonnets de faquin,
Aux caméléons politiques
Je mets des bonnets d'arlequin.

J'ai pour les femmes trop coquettes
Des simples bonnets de velours,
Mais je réserve à nos grisettes
Le bonnet jaune des amours ;

Je mets le bonnet de Minerve
Sur la tête des vieux troupiers ;
Pour les chansonniers pleins de verve
J'ai le bonnet de Désaugiers.

A cet homme avare, égoïste,
Irascible, têtu, mal fait,
Au cœur de pierre, au regard triste,
De Tartuffe j'ai le bonnet.
Puisqu'on nous donna l'uniforme
Des républicains . . . pour nos droits,
Que le bonnet de la réforme
Serve à recouvrir tous les rois.

Le bonnet de Robert-Macaire
Couvre plus d'un agioteur,
Et le bonnet du plagiaire
Sert à coiffer plus d'un auteur.
Je mets le bonnet de profane
Sur la tête de nos païens,
Mais je couvre d'un bonnet d'âne
Beaucoup d'académiciens.

Sur les bonnets je me résume,
Avec mon sujet, c'est certain,
On pourrait faire un gros volume
Moi, je finis par ce quatrain :
Tous les français, je vous le jure,
(Malgré le défaut d'unité,)
Auront toujours pour leur coiffure
Le bonnet de la liberté !

L'ENFANT DE 36 PÈRES

OU

MISÈRE ET LIBERTÉ

(Chansonnette Populaire).

Air : *Ah! le bel oiseau, maman!*

Je suis l'gamin parisien ;
La France entière,
V'là ma mère ;

Sur mon pèr' je ne sais rien,
Et je m'en passe très bien !

Pauvre enfant abandonné
Dans un *tour* j'ai pris naissance ;
Ça vous prouv' que j'ai tourné
Pour entrer dans l'existence ...

    Je suis l'gamin parisien, ... etc.

C'est tout d'mêm' bien embêtant
De n'pas connaître sa race,
Je sors peut-être du flanc
D'un milord... ou d'un paillasse !

    Je suis l'gamin parisien ... etc.

A seize ans, de l'hôpital
J'ai fait ma première sortie ;
Depuis c'jour tant bien que mal
Je circule dans la vie.

    Je suis l'gamin parisien ... etc.

Quand j'ai d'quoi dans l'mont d'piété
Je porte un paquet de nippes ;
L'soir au café d'la Gaîté
Je culotte et j'vends mes pipes.

    Je suis l'gamin parisien ... etc.

Je courtise avec succès
Des fillettes très gentilles,
Sans redouter les procès
Qu'on s'fait dans les bonn's familles !

    Je suis l'gamin parisien ... etc.

Lorsqu'on m'appelle bâtard,
Je réponds sans artifice :
Est-c' ma faut' si le hasard
M'a fait l'enfant d'un caprice...

    Je suis l'gamin parisien ... etc.

Quand nous fîm's la chasse au roi,
En brav's révolutionnaires,
J'vous réponds qu'à côté d'moi,
Il ne manquait pas de frères.

    Je suis l'gamin parisien ... etc.

Dans un an sans contredit,
La France, ma bonne mère,
Me fera porter l'habit
Et la moustache militaire ;
  Alors, plus de bâtard,
     Car
    Dans une affaire
      Guerrière,
On peut, morbleu ! s'faire un nom
Avec la poudre à canon !

IMPROMPTU

**à une jeune et jolie actrice, qui me demandait un couplet
sur elle et sur sa toilette.**

AIR : *On dit que je suis sans malice.*

Avec cette belle toilette,
Ah ! que votre taille est bien faite,
Comme j'aime vos yeux fripons,
Votre cou blanc, vos pieds mignons ;
Puis, vous portez au bout des manches,
Une paire de mains si blanches,
Que je voudrais en vérité
En avoir été souffleté !.. ,
Je voudrais pour ma vanité
En avoir été souffleté !

LA VOLIÈRE ET LA LIBERTÉ.

(Fable.)

Laissons dire Platon, disserter Épicure,
    Et le collégien,
S'étendre en beaux discours sur l'essence du bien.
Il n'en est qu'un réel, que nous fit la nature,
La liberté : sans elle, ici-bas tout n'est rien.
L'homme enchaîné gémit ; l'homme gêné murmure ;

Tous les goûts, tous les vœux pour elle sont égaux :
Lecteur, pour en avoir la preuve la plus sûre,
Consultons sur ce point l'instinct des animaux.
Des oiseaux, différens de goûts, de caractère,
Habitaient en commun une large volière :
 L'un aimait le repos, l'autre le mouvement ;
 L'un, de ses sons plaintifs attristait le village :
L'autre en faisait la joie avec l'amusement
            Par les doux sons de son ramage.   .
Si l'un chantait le jour, l'autre chantait la nuit ;
C'était à qui d'eux tous, dans ce rare assemblage,
            Ferait plus de tapage,
Et pourrait mieux troubler son voisin par le bruit.
            Tous même, en fait de nourriture,
Différaient encor plus : l'un s'abecquait de grain,
L'autre de vermisseaux voulait chère qui dure ;
Jamais deux, comme on dit, n'allaient un même train.
Un point seul réunit le discordant ménage.
Un jour on oublia de leur fermer la cage :
            Chacun d'eux alors de concert,
Saisissant à son gré l'occasion offerte,
            Enfile la porte entr'ouverte,
Et libre désormais fend les plaines de l'air.

Quiconque lit ces vers, dit à part soi, je gage :
Des Français de nos jours, ces oiseaux sont l'image.

A QUOI SERT LE LATIN ?

Air : *Ces postillons sont d'une maladresse.*

J'ai fait jadis de brillantes études,
Aux jours de prix je fus souvent cité.
Du monde enfin cherchant les habitudes,
A corps perdu je m'y trouve jeté,
Et même hélas ! je m'y crois ballotté.
Tout m'est fatal, rien n'a ma confiance,
Et chaque pas me rend plus incertain ;
Si du bonheur il manque la science ;
            A quoi sert le latin ?

Mon cœur fougueux prodiguait sa tendresse
A la beauté dont j'attendais l'amour ;
Me reposant sur sa chère promesse,
Je pressais peu, puisque de jour en jour
Elle devait me payer de retour.
Il est si doux d'estimer ce qu'on aime !
J'attendais donc ; mais j'apprends un matin
Que sur les rangs je marche le cinquième.

     A quoi sert le latin ?

Je cherche alors une fille plus sage,
Et, désirant l'attacher à mon sort,
Dans les liens d'un prudent mariage
En étourdi je m'arrête d'abord
Espérant bien serrer le nœud plus fort.
On enviait mon avenir prospère :
Heureux époux, content de mon destin,
Trois mois après je deviens heureux père !

     A quoi sert le latin ?

En maudissant une engeance perverse ,
Il faut me taire et prendre mon parti :
Je me distrais par les soins du commerce,
Et d'un caissier bientôt je suis nanti ;
C'était un juif qu'on m'avait garanti.
De mes écus vérifiant l'espèce,
Il les reçoit d'un air assez hautain,
Laisse la clé... mais part avec la caisse !

     A quoi sert le latin ?

De nos beaux arts mon esprit idolâtre
Au temps passé raisonnait assez bien ;
Parlant de tout, et même du théâtre,
De triompher je savais le moyen :
Mais à présent je ne comprends plus rien.
« Laissons Racine à cheval sur la règle,
» Me disait-on, Molière est un crétin,
» Corneille un sot, et Dumas est un aigle ! »

     A quoi sert le latin ?

LA NOVICE.

(*CHANSON VILLAGEOISE.*)

Air : ***Des maris ont tort.***

A seize ans, Lise la novice,
Et Bastien, le gros laboureur,
S'aimaient d'amour et sans malice,
Aussi, devaient-ils sur l'honneur
Se marier l'jour de la chandeleur....
Mais, las ! à la ville, au village,
Le plus beau serment est trompeur :
Surtout lorsque sur son passage
Joli minois trouve un seigneur.

Un jeune homme de haut lignage,
La terreur des parents, dit-on,
Parce qu'il prenait au village,
N'importe dans quelle saison,
Tout ce qui s'y trouvait de bon.
Un jour à Lise, la simplette,
Il dit : — Tu me plais sur l'honneur,
Veux-tu mon cœur, belle coquette ?
— Dam ! je n'sais pas trop, monseigneur !...

Pour ce cœur, je t'offre ma belle
Mon grand château de Luzamor,
Puis, de brillans cette étincelle
Qui vaut, Lise, ton pesant d'or,
Tu le vois, c'est tout un trésor !...
Avec les plaisirs, l'opulence
Va te donner parfait bonheur ;
Eh quoi ! tu gardes le silence ?...
— Je me consulte, monseigneur !

— Donne-moi bien vite ta rose...
— Il m'est doux de vous obéir...
Mais à Bastien... voici la chose...
Ça ne f'ra peut-êtr' pas plaisir...
— Comme toi je veux l'enrichir :
Puis, dans un mois je vous marie.

— De l'argent, votre noble cœur,
Et Bastien avec la mairie,
Ma foi, prenez tout, monseigneur !...

Distique.

D'obtenir quelque emploi je cherche le moyen.
— Êtes-vous protégé ? — Non. — Ne demandez rien.

Le provincial à Paris.

Air : de Kettly. (*Heureux habitants des beaux vallons...*)

Avec mes écus
J'ai vu ce pays de féerie,
Dont le parisien
En province dit tant de bien ;
J'ai vu des vertus....
Mais faites d'après la copie
De feu Raphaël ,
Ce peintre à jamais immortel...
J'ai vu des marchands
De jouets et de friandises,
Dire à leurs clients :
Ce polichinelle charmant,
Et ce sucre blanc
Me viennent des îles Marquises...
Mais pour réussir
Dans le commerce il faut mentir !..
De jour maints travaux
Toujours nouveaux
Frappent la vue ;
J'ai vu l'autre fois
Paver quelques quartiers en bois...
Bref, en circulant
Par-ci, par-là, dans chaque rue,
Que de *Bilboquet*
J'ai vu passer dans mon trajet !...

Voyant aujourd'hui
Que le paraverse prospère,
Moi, j'ai sans retard
Vendu mon modeste rifflard ;
Avec celui-ci
Je vois que c'est une autre affaire ;
On se mouille encor
De tous les côtés... c'est plus fort !...
Dans ce beau Paris
J'ai vu les Mémoires du diable,
J'ai vu dans Paris
Satan ou le diable à Paris ;
Enfin, dans Paris
J'ai vu les trois péchés du diable,
D'après ce devis,
Je crois les diables à Paris !...
J'ai vu sur le mur
Assurances contre l'orage,
Dévastation,
Incendie et conscription ;
Vidocq, (c'est plus sûr)
Voulait aussi... quel avantage !
Contre les voleurs
Assurer... par les assureurs !...
Tout est assuré ;
Donc, j'ai dormi plein d'assurance,
C'est très bien, ma foi,
J'en sais bon gré
Pourtant, je croi,
Qu'à ce grand Paris
Il manque encore une assurance :
C'est, à mon avis,
D'assurer l'honneur des maris !...
Au grand Opéra
J'ai vu le soleil et la lune,
Et, grâce aux quinquets,
J'ai vu *pousser* bien des bosquets ;
Puis, après cela,
J'ai vu le terrible Neptune,
Avec un éclair
Sortir tout frisé de la mer.
L'hippodrôme, au jour,
Offre des courses triomphales,

Des gladiateurs,
Même de toutes les grandeurs ;
Demain, sans retour,
Leur annonce offre des vestales...
Le point est scabreux ;
Mais.... promettre et tenir sont deux !..
Bref, chez Séraphin,
J'ai vu des acteurs intrépides...
Hier soir enfin,
J'ai vu la porte Saint-Martin,
Mais c'est là qu'en vain
Dans les *petites Danaïdes*,
Pour bien m'égayer
J'ai recherché mon bon Potier !...
J'ai vu des lions
En plein jour fumer dans les rues ;
J'ai vu des mouchards
Porter la croix des vieux grognards ;
J'ai vu des bastions,
Et j'ai vu des filles perdues ;
Voilà, mes amis,
Tout ce que j'ai vu dans Paris !...

LA MORALE CHINOISE.

AIR : *Amis, voici la riante semaine.* (Du carnaval de Béranger.)

Hier au soir, et suivant ma coutume,
Pour griffonner du noir sur du papier,
Nonchalamment je saisissais ma plume,
Quand un Magot sortit de l'encrier ;
Tout en parlant, il barbouilla ma page
De haut en bas avec le bout des doigts ;
Je sais, dit-il, que ce n'est pas l'usage,
Mais c'est ainsi qu'on fait chez les Chinois.

Gais écrivains, je vous tiens en réserve
De quoi rimer de mordantes chansons ;
Je viens ici pour aider votre verve,
Et vous donner de petites leçons.

Frondez l'abus par votre persifflage,
En y mêlant de l'esprit quelquefois !...
Je sais fort bien que ce n'est pas l'usage,
Mais c'est ainsi qu'on fait chez les Chinois.

Et vous acteurs, qui brillez au théâtre
En vous flattant d'un encens éternel,
Dans votre jeu, soit terrible ou folâtre,
Tâchez de mettre un peu de naturel !
Pénétrez-vous de votre personnage,
Et répétez vos rôles plusieurs fois....
Je sais fort bien que ce n'est pas l'usage,
Mais c'est ainsi qu'on fait chez les Chinois.

Riches, puissants, un conseil que j'apporte
Dans vos ennuis peut glisser du bonheur :
Ouvrez toujours quand on frappe à la porte ;
Venez en aide au pauvre en sa douleur.
Qu'à votre table il prenne son potage,
Et qu'il se chauffe à votre même bois !
Je sais fort bien que ce n'est pas l'usage,
Mais c'est ainsi qu'on fait chez les Chinois.

Belles de nuit, grisettes et Lorettes,
Vous qui passez votre temps au plaisir,
N'oubliez pas, malgré les amourettes,
Que l'âge mûr viendra pour vous saisir.
Fermez l'oreille au dangereux hommage
De ce galant fou de votre minois....
Je sais fort bien que ce n'est pas l'usage,
Mais c'est ainsi qu'on fait chez les Chinois.

Législateurs, vous qui venez d'emblée
A la tribune étourdir tout Paris,
Qu'espérez-vous en troublant l'Assemblée
Par un concert de gestes et de cris ?
Ah ! par pitié, Messieurs, moins de tapage !
Décrétez-nous plutôt de bonnes lois.
Je sais fort bien que ce n'est pas l'usage,
Mais c'est ainsi qu'on fait chez les Chinois.

LES CULBUTES.

PROVERBE MIS EN COUPLETS.

Air : *Du vaudeville du Charlatanisme.*

Lorsque je vois un intrigant,
Dont la noblesse est un problème,
Insulter l'honnête artisan
Sorti de la classe que j'aime ;
Je lui jette avec le mépris
Ces mots précurseurs de sa chute :
Insensé, malgré tes rubis,
Ton or, ta croix, tes beaux habits....
Au bout du fossé la culbute.   (*Bis.*)

Plus d'un gros ministre au pouvoir
Vous conte des histoires bleues ;
Et pour augmenter son avoir.
Aux zéros ajoute des queues ;
Tu verras l'enfant de Paris,
Si quelque jour on se dispute,
Dire pour voler ton pays
En frappant sur tes abattis...
Au bout du fossé la culbute.

En vain jeune fille à seize ans,
Veut garder la fleur printanière ;
En vain elle fuit des amans
La troupe volage et légère ;
Quand l'amour glisse dans son cœur,
Soudain il prépare sa chute ;
Adieu sagesse, adieu bonheur,
Il faut obéir au vainqueur....
Au bout du fossé la culbute.

La grande fille à Digodin
Etait femme de son troisième,
Et prétendait que son... moulin
N'en verrait pas un quatrième ;
Le garde-forestier du bois
La lorgne et prépare sa chute ;
Bref, lecteur, au bout de neuf mois

Elle criait comme autrefois....
Au bout du fossé la culbute.

Journalistes, bons députés,
Vous tous qui tenez la puissance,
Défenseurs de nos libertés,
Banquiers, hommes de la finance ;
Grands avocats dont le métier
Est de vaincre au bout de la lutte,
Eh bien ! Messieurs, au jour dernier
Comme moi pauvre chansonnier....
Au bout du fossé la culbute.

CONSEIL UTILE.

AIR : *de Partie et Revanche.*

Pour parvenir sur cette terre,
Il faut toujours être bien mis,
Aux regards du public vulgaire
Rien n'éblouit comme les beaux habits !... (*bis*)
Mais si vous n'avez pour richesse
Que la misère, hélas !... cachez-vous bien,
Car l'homme est bon et s'intéresse
A ceux qui n'ont besoin de rien.

L'ENFANT DE PARIS.

Couplets improvisés et chantés par l'auteur au Banquet des
Enfants de Paris, le dimanche, 8 Septembre 1850.

AIR : *Chacun me nomme avec orgueil.*
(de Charlotte, la Républicaine).

En ce jour, fêtons, mes amis,
Le noble cœur, le vrai courage,
Et surtout le joyeux langage
De l'enfant de Paris.

Oui, la fraternité
Est la noble devise,

Que son arme a conquise
Avec la liberté !
Pour l'ordre et pour les lois
Il maintient la patrie ;
Mais la faim ennemie
Chasse le loup du bois !

    En ce jour . . . etc.

Léger, vif et dispos,
Quand un pauvre se noie,
Il s'élance avec joie
Pour le r'tirer des flots ;
S'il grelotte en sortant,
Il chant' pour se distraire . . .
Riches de notre terre
En faites-vous autant ?

    En ce jour . . . etc.

D'Béranger les travaux
Le font toujours sourire,
Mais il aime à redire
Les chants d'Emil' Debraux . . . .
Il bat d'autorité
Celui dans les guinguettes
Qui coup'nt les chansonnettes
Qui parl'nt de liberté.

    En ce jour . . . etc.

Sans être libertin,
Il possède en cachette
Tout l'amour de Jeannette
La fille au pèr' Martin ;
Il l'aime, et c'est bien beau,
A l'égal de sa mère,
Autant qu'un militaire
Aime son vieux drapeau.

    En ce jour . . . etc.

Le Dimanch', vrai sultan,
Afin de se distraire
Il monte à la barrière
Pincer un p'tit cancan ;

A minuit, sans s'cacher,
La chronique bavarde
M'a dit qu'dans sa mansarde
Ils allaient se coucher...

    En ce jour ... etc.

Pour les destins futurs,
Son cœur patriotique
Fait, malgré la critique,
Qu'il écrit sur les murs :
Honte aux législateurs
Entourés de leurs gardes
Qui portent des cocardes
De toutes les couleurs.

    En ce jour ... etc.

La Cage dans le Boeal.

(FABLE.)

Quel hasard ou quel art produit cet assemblage
    Des oiseaux avec les poissons ?
On croirait les oiseaux saisis par des glaçons,
    Ou les poissons portés par un nuage.
Mais je rêve sans doute, ou je n'y vois pas clair.
J'ai beau frotter mes yeux .., ma vue est-elle folle ?
Ces oiseaux sont dans l'onde ou les poissons dans l'air :
    Est-ce oiseau nage ou poisson vole ?
    En m'approchant, en regardant,
    Je vis que le bocal étroit et circulaire
    Avait un milieu vide ; une cage légère
    En remplissait l'espace et de loin seulement
    Les habitans ailés de l'épaisse atmosphère
    Semblaient mêlés au sujet du trident.
    Contraste un peu forcé qui plut apparemment
    A l'inventeur d'un ouvage aussi frêle.

    On peut paraître pêle-mêle
Sans être pour cela dans le même élément.

L'ACTRICE IMPÉNITENTE.

AIR : *de Garrick* ou : *Oui, chaque jour je vois avec douleur.*
(des deux divorces)

Ah ! quel bonheur ! de recouvrer soudain
Et la santé, puis, le doux art de plaire,
Disait Clorinde à son cher médecin ;
Mais ce dernier répond d'un ton sévère :
« Madame, il faut renoncer sans détours,
« Aux rendez-vous, aux tendres bagatelles,
» Et même ici consacrer pour toujours
» Au Créateur le reste de vos jours ,. . »
— « Cher Docteur, les nuits en sont elles ?. . » —

LA FEUILLE DE FIGUIER.

(PETIT CONTE.)

Lise, hier, en public, se montra presque nue,
D'une simple gaze vêtue,
De ses seuls charmes se parant :
Lise, à travers ce voile transparent,
Offrait à nos regards, belle, mais peu sévère,
Ce que femme pour l'ordinaire,
Ne laisse voir que de l'œil du désir.
Oh ! que le voile du mystère
Embellit vos appas, double notre plaisir,
Sexe en qui la pudeur est le vrai don de plaire !
A Lise, l'on vient d'envoyer
Un coffret à clé d'or. Elle l'ouvre charmée :
Quelle chose de prix s'y trouve renfermée ?
Rien qu'une feuille de figuier.

AVIS AUX JOUEURS.

AIR : *D'Aristippe,* ou *Pour un soldat qui n'en a pas l'usage.*
(de Michel et Christine.)

Du jeu fuyez les tables rondes,
Si vous voulez garder la paix du cœu

Car si parfois les chances sont fécondes,
Le plus souvent c'est un malheur :
Ces chances-là mènent au déshonneur!...
Voyez... trois portes à cet antre :
L'espoir, l'infamie ou la mort;
C'est par la première qu'on entre,
C'est par les deux autres qu'on sort.

L'AMOUR DANS LES BOIS.

Air : *Gai, gai, marions-nous.*

L'amour est dans les bois
    Fillettes
    Si gentillettes,
L'amour est dans les bois,
Courez prendre son carquois.

Aux doux chants du rossignol,
    Sous l'ombrage
    Et le feuillage,
Un oiseau se tire au vol,
    Avec aplomb,
    Et sans plomb !
L'amour est dans les bois, etc.

On court cueillir des lilas,
    Et la ville
    A Romainville,
Se trouve en danger là-bas :
    Chaque pas
    Est un faux pas !
L'amour est dans les bois, etc.

On dit que le petit Paul
    Et Virginie
    Si jolie,
Jouaient sous un parasol,
    Dans l'été,
    A l'écarté !
L'amour est dans les bois, etc.

Un anglais, riche et bien sec,
         A la danseuse
              Farceuse,
Chez Véfour offre un beafteacks,
         Avec
Son cœur et son bec !
L'amour est dans les bois, etc.

La grisette au collégien
         Conjuge un verbe
              Sur l'herbe.
Il apprend par ce moyen...
         — Eh bien ?
— Qu'il ne savait rien !
L'amour est dans les bois, etc.

C'est dans le bois de Meudon,
         Que la lorette
              Coquette,
De son cœur fait sans façon
         Abandon
         A Cupidon !
L'amour est dans les bois, etc.

En mil sept cent trois, dit-on,
         Un moine
              Nommé St-Antoine ,
A Lise, à Blanche, à Toinon,
         Tenait toujours
         Ce discours :
'L'amour est dans les bois, etc.

Mes Adieux au Théâtre.

— Satis magnum alteri theatrum sumus. —
— Le théâtre le plus curieux pour l'homme,
   C'est l'homme lui-même. —

AIR : *T'en souviens-tu.*

Si je voulais flatter par des courbettes
Le sot orgueil des modernes auteurs,

Ils daigneraient à mes œuvres complètes
Mettre leurs noms de *grands littérateurs...*
Mais comme hélas ! ma muse est idolâtre
Et de l'honneur et de la loyauté ;
Adieu lauriers que promet le théâtre !
Oui, je renonce à la célébrité.

En me servant d'articles anonymes,
Si je voulais en homme intelligent
Modestement nommer mes vers sublimes,
Je parviendrais dans ce monde élégant.
Mais comme hélas ! ma muse est idolâtre...etc.

Si je voulais par d'adroites souplesses,
Dans les boudoirs encenser les attraits
Et la *vertu* de certaines déesses,
J'aurais de l'or, des honneurs, des succès...
Mais comme hélas ! ma muse est idolâtre...etc.

LE PÉCHÉ DE SATAN.

AIR : *Soldat français né d'obscurs laboureurs.*

Quand l'Eternel aussi juste que grand,
Eût fait au riche un devoir nécessaire
De soulager dans le pauvre souffrant,
Un serviteur, un compagnon, un frère ;
Des vains trésors le gardien infernal,
Nommé Satan, l'associé du Diable,
Donna soudain par un ordre illégal,
Tout à l'avare, et rien au libéral,
    Voilà pourquoi le misérable
    Est repoussé par son semblable.

L'ARBRE DE LA LIBERTÉ.

Hommage aux Quatre Sergents de La Rochelle.
(1848).

AIR : *Pour aller venger la patrie.*

Que cet arbre cher à la France,
Croisse à l'ombre de nos couleurs !

Proscrivons l'aveugle licence,
Réprimons les persécuteurs.
La douce aisance, le bien-être,
L'union, la fraternité,
Voilà les fruits qui doivent naître
Sur l'arbre de la liberté.

Comme un tribut à la patrie
Chacun apporte son présent ;
Donnons sans regret, sans envie,
Mais donnons en nous embrassant.
Oui, nos offrandes seraient vaines,
Aux yeux de la divinité ;
Si nous ne déposions nos haines
Sous l'arbre de la liberté.

Que le fer dont s'arment nos piques
Ne vous inspire aucun effroi ;
Ce sont des armes pacifiques
Qui n'obéissent qu'à la loi.
Tous nos symboles militaires
Sont des garans de sûreté,
Et tous les hommes sont nos frères
Sous l'arbre de la liberté.

Preux enfants, remplis de civisme,
Vous, nos défenseurs, nos amis,
En renversant le despotisme,
Vous avez sauvé le pays.
Et vous, qui tombiez sur la grève ;
Ah ! dormez dans l'éternité....
Votre sang a servi de sève
A l'arbre de la liberté.

Chanson Militaire et Bachique.

AIR : *Elle aime à rire, elle aime à boire.* (De Mme Grégoire.)

Buvez avant que de combattre,
Voilà, soldats, un bon conseil ;
De sang-froid je vaux mon pareil,
Mais quand je suis gris j'en vaux quatre.

Au lieu de répéter assez :
Chantons en chœur le vieux Grégoire !
A pleins verres, vite il faut boire,
Versez donc, mes amis, versez !

Le vin vous change une personne,
Et le vin vous tourne l'esprit !
Tel qui tremble s'il réfléchit,
Fait trembler quand il déraisonne.
Au lieu de répéter assez : Etc.

Le soldat qui ne sait pas boire,
Ma foi ! fait un triste soldat ;
Il voit le danger du combat,
Le buveur n'en voit que la gloire.
Au lieu de répéter assez : Etc.

Pourquoi dans le charmant ouvrage
De l'univers, qu'on dit si beau ?
Le Seigneur a-t-il mis tant d'eau ?
Le vin me plairait davantage.
Au lieu de répéter assez : Etc.

De cette liqueur rubiconde
S'il n'a pas fait un élément,
Le Seigneur s'est montré prudent ;
Nous eussions desséché le monde....
Au lieu de répéter assez : Etc.

LE MIROIR DE SUZETTE.

AIR : *Ad libitum.*

Quand le soleil me guide
Auprès du chemin creux,
Dans le ruisseau limpide
J'aime à mirer mes yeux ;
Car Jean m'a dit : Suzette,
   Ma gentillette,
Mieux que l'azur des Cieux,
J'aime tes grands yeux bleus !...

Plus près lorsque j'approche
Le cœur silencieux,

Dans le cristal de roche
J'aime à voir mes cheveux ;
Car Jean m'a dit : Suzette,
    Ma gentillette,
Mieux que l'azur des Cieux,
J'aime tes blonds cheveux !...

Outre ma chevelure,
J'éprouve du bonheur
A voir sur ma figure
De ma peau la blancheur ;
Car Jean m'a dit : Suzette,
    Ma gentillette,
Ta joue a le vernis
D'une pomme d'apis !...

Je ne dois pas le dire...
(Ce sont de gros péchés.)
Mais quelquefois j'admire
Certains appas cachés ;
Car Jean m'a dit : Suzette,
    Ma gentillette,
Ce qu'on voit rarement
Paraît plus attrayant !

Un Chien d'Impôt sous l'Ancien Régime.
(1846.)

AIR : *L'autr'jour à Fanchon j'dis ma fille.*

Des députés, amis d'la France,
Afin de doubler les budgets
    Les coquets,
Voulaient taxer (voyez la chance),
    Sans regrets
      Les
    Caniches et les barbets ;
En lisant pareille ordonnance,
    J'ai dit tout haut :
Mais c'est un chien d'impôt !

Au lieu de rechercher les bêtes...
Vous feriez bien mieux, selon moi,

Sur ma foi,
De mettre un impôt sur les têtes
De ces pasquins
Arlequins,
De la cour,
Un jour
Si j'lis cette ordonnance,
D'avance
Tout haut :
J'dirai : vive l'impôt !...

Pourquoi, morbleu ! n'pas fair'la guerre
A ces chiens couchants
Et rampants,
Qui vont chaque jour en arrière
Vendre les gens
Pauvres, mais innocents...
Un jour si j'lis cette ordonnance,
D'avance
Tout haut :
J'dirai : vive l'impôt !

Le chien du pauvre sans défense,
Qui suivit son maître au tombeau
Sous l'drapeau,
Qui, jadis, a sauvé la France ;
Où l'maître dort
Serait donc mis à mort ?
Non, non, c'est un'fausse ordonnance,
Aussi, tout haut,
Je dis : à bas l'impôt !...

Les Trois Jours de la Vie.

HIER, AUJOURD'HUI ET DEMAIN.

Qu'avons-nous été ? des esclaves,
Servant, chantant, jurant gaîment,
Et flagornant très galamment
Les dieux qui servaient nos entraves.

Que sommes-nous ? de grands enfants,
Juges d'hier, soldats naissants,

Qui, stupéfaits de voir l'aurore
D'un jour trop longtemps souhaité,
Pour un hochet prenons encore
Le sceptre de la liberté.

Que serons-nous? le temps avance,
Et de la crainte à l'espérance
Chaque décret nous fait passer,
Croyons-y : mais sur l'apparence,
Défendons-nous de prononcer.

Le Christ-Montagnard.

(1849.)

Air : *A ce soir*.

Mes amis, sans retard,
Chantons notre République,
Et que chacun s'applique
Aux lois du Christ-Montagnard.

Conduit par l'humanité,
Lorsque Jésus vint sur terre,
A tous il dit en colère :
Aimez la fraternité.
Mais voyant l'âme endurcie
Des grands de notre cité,
Il créa pour la patrie
L'hymne de la liberté!

   Mes amis, etc.

O déesse des grands cœurs !
O liberté que j'adore !
De ton bras soutiens encore
L'ouvrier dans ses labeurs.
Pour adoucir sa misère,
Si mon espoir n'est pas vain,
Tu dois lui donner, j'espère,
Ou du travail ou du pain.

   Mes amis, etc.

Il créa pour le bonheur
De notre France nouvelle,
Un boudoir à chaque belle,
Un restaurant au viveur,
Des chambrettes aux fillettes,
Des temples aux francs-maçons,
Mais il fit pour les poètes
De fort petites maisons.

♦ Mes amis, etc.

Puis, il dit au médecin :
Du pauvre soyez le frère,
En soulageant la misère
Vous suivez le droit chemin.
Sous les palais, sous les chaumes,
Repoussez les intrigants,
Et vous verrez beaucoup d'hommes
Ne plus vivre en charlatans.

   Mes amis, etc.

Je veux bâtir un palais
A Thémis dans votre enceinte,
Et la chicane et la feinte
N'y trouveront pas accès.
Par ce moyen profitable
Le juge le plus méchant
Punira le vrai coupable
Et sauvera l'innocent.

   Mes amis, etc.

Tout en veillant sur nos lois,
Si par hasard les Cosaques
Nous faisaient quelques attaques,
Et nous imposaient des rois ;
Avec notre ardeur française,
Sans penser au lendemain,
En chantant la Marseillaise
Reprenons le glaive en main.

   Mes amis, etc.

Si vous suivez les avis
Dictés par Jésus lui-même ;

Vous serez enfants que j'aime,
Toujours enfants de Paris ;
Devant vous si je m'avance
Pour vous parler sans regrets ;
C'est que je veux voir la France
Dans le siècle du progrès.

Mes amis, etc.

C'était écrit là-haut.

Air : *Ces postillons sont d'une maladresse.*

Rions, morbleu ! du censeur trop sévère,
Qui chaque jour endort ses auditeurs ;
En ne montrant, hélas ! de notre terre
Que les tourmens accompagnés des pleurs...
Pourquoi chercher de si loin nos douleurs ?...
Lorsque chez moi vient une catastrophe,
Craignant d'un choc le trop pénible assaut ;
Je chante, amis, je chante en philosophe :
     C'était écrit là-haut !   (*Bis.*)

Un gros anglais à Paris fait emplette
D'une beauté n'ayant que dix-sept ans ;
Mieux qu'à London, se dit-il en cachette,
Je dois avoir pour vingt bons mille francs,
Ce que je cherche envain depuis longtemps !...
Le lendemain, tout rouge de colère,
Il murmurait : Goddam !... quel triste assaut !...
Je suis volé !... volé par l'étrangère..,
     C'était écrit là-haut !   (*Bis.*)

Dans la campagne d'Italie,
Napoléon disait aux vieux troupiers :
Marchons, enfants, pour sauver la patrie,
Allons encor moissonner des lauriers,
Comme toujours moissonner des lauriers !...
Malgré la gloire, hélas ! si pour la France
Notre succès est en défaut ;
Bref, si la mort trompe notre espérance...
     C'était écrit là-haut !...   (*Bis.*)

Oui, c'en est fait, demain je me marie,
Chantait partout le bossu Biscornu ;
Ma fiancée est jeune et fort jolie...
Par-dessus tout elle a de la vertu!...
Et je la prends surtout pour sa vertu!...
Il vint me voir, huit jours après sa noce,
Puis, il me dit : « Je suis, quel triste assaut !...
» Oui, je le suis...» — Mon cher, d'après ta bosse...
      C'était écrit là-haut !...   (*Bis.*)

Pour un emploi de fort belle apparence,
Au ministère on voit deux prétendants :
L'un, par l'esprit fait honneur à la France,
L'autre est stupide et des plus intrigants,
C'est un blason auprès des ignorants...
Voyons, comment finira cette lutte,
Trop de mérite, hélas! est un défaut ;
Le sot parvient, l'homme d'esprit culbute,
      C'était écrit là-haut !...   (*Bis.*)

Dans les ardeurs de son feu poétique,
Ce jeune auteur d'orgueil tout boursouflé,
Accouche enfin d'un ouvrage lyrique,
Mais par malheur son ouvrage est sifflé ;
Malgré la claque, hélas! il est sifflé ;
Pauvre insensé! tu n'as ni sou ni maille,
Vois donc, morbleu! ce que l'esprit te vaut!...
Jusqu'à la mort le malheureux rimaille ;
      C'était écrit là-haut !...   (*Bis.*)

L'AIGLE DES POLONAIS

OU

LES ORPHELINS DE CRACOVIE.

(1846.)

    « Quand un peuple a travaillé pour tous les
    » peuples, on doit le sauver de l'oubli ; et si
    » par la dureté des temps, ce peuple devient
    » un petit peuple, il reste une grande
    » nation. »   (VICTOR HUGO.)

HYMNE DE GUERRE.

Air : *De la Varsovienne.* (de Casimir Delavigne.)

Vite à cheval!... déployons l'aigle blanc,
Preux Polonais, enfants de Cracovie ;

Le czar arrive, eh bien ! que notre sang
Coule à grands flots avec la tyrannie...
Malgré notre valeur, notre fraternité,
Et l'hymne chaleureux de votre Marseillaise,
                    O nation française,
Adieu !... nous succombons, mais pour la liberté !...

          Nobles martyrs de ces journées,
          Peuples, déplorez nos malheurs,
          Et donnez à nos destinées
Pour l'avenir un soupir et des pleurs.
Partout des fers, partout des assassins,
O czar maudit, de Néron le modèle ;
Vous, mes enfants, vous, pauvres orphelins,
Pleurez, pleurez, la gloire est infidèle...
Auprès des ennemis, même les plus guerriers,
Dans les plus grands combats nous suivait la victoire ;
          Après cent ans de gloire !
Hélas ! faut-il mourir à l'ombre des lauriers !...

          Nobles martyrs, etc.

Toi qui toujours sus répondre à ma voix,
Noble drapeau de France bien-aimée,
Jette un regard pour la dernière fois
Sur le soleil des palmes d'Idumée...
Ah ! je t'embrasse ici, mon cœur reconnaissant,
Ne t'a jamais quitté, toi, ma seule espérance ;
          O drapeau de la France !
Je vivais pour t'aimer, et je meurs en t'aimant !

          Nobles martyrs, etc.

Pauvres enfants, un généreux effort !
Debout, debout, que le clairon résonne,
Montrez soudain à ce géant du Nord
Que l'aigle blanc sait garder sa couronne...
Allons, le sabre au poing, le fusil dans les mains,
Chargez et mitraillez, c'est pour notre défense,
          Courez à la vengeance !
Frappez, frappez-les tous ce sont des assassins !

          Nobles martyrs, etc.

Croyant sans doute ici briser nos fers,
Vous recevons pour prix de nos services

Des complimens, des chansons et des vers,
Noble tribut pour tant de cicatrices...
Pour vous vaincre ou mourir autrefois fut si doux !
Nous étions sous Paris... pour de vieux frères d'armes,
    N'aurez-vous que des larmes ?
Frères, c'était du sang que nous versions pour vous !
    Nobles martyrs, etc.

LES SIX AMOURS.

Air : *Tendres échos errans dans ces vallons,* ou *Patrie,*
    honneur, etc.

— L'amour timide ?... — Il est perdu chez nous.
— L'amour jaloux ?... — Il est passé de mode.
— L'amour grondeur ?... — Je le laisse aux époux.
— L'amour coureur ?... — Chacun s'en accommode.
— L'amour heureux ? — Jour et nuit il s'endort.
— L'amour constant ?... — De vieillesse il est mort.

Un Faubourien devant l'Obélisque de Louqsor.

(Chansonnette. — 1836.)

Air : *De la treille de sincérité.*

Ici je le dis sans mystère,
    Un' pierre
Qui vaut son pesant d'or,
C'est l'Obélisque de Louqsor !   (*Bis.*)

Voulez-vous savoir son histoire ?
Sans potacolles la voilà :
C' morceau d' ciment qui fait notr' gloire,
Que chacun de nous admira,
Et même admire encore, oui-dà !
De l'Egypte arrive en droit' ligne,
(Distanc' de Paris huit cent lieues.)
Bref, nous devons c' présent insigne
D'un Pacha qui porte trois queues !
    Ici je le dis sans mystère, etc.

On a placé sur les quatr' faces
De c' monument sec et pointu,
Des mouch's, des lézards, des limaces,
Et des z'hann'tons avec des u,
Des a, des o, des v, des u ;
En regardant tant d' pataraffe,
Et tant d' bêt's de tous les pays ;
Je n' vois que madam' la Giraffe
Pour bien comprendre un tel gâchis !

    Ici je le dis sans mystère, etc.

Pourrait-on s' priver d'un' momie,
Qui, d'après les informations,
Ne coûte à ma chère patrie
Qu' la bagatell' de quatr' millions ?   (*Bis.*)
Aussi, mon cœur plein d'espérance,
S'écri', mais en parfait chrétien,
Si j' n'étais pas né dans la France,
Je serais fier d'être Egyptien !

    Ici je le dis sans mystère,
        Un' pierre
    Qui vaut son pesant d'or,
    C'est l'Obélisque de Louqsor.   (*Bis.*)

MES J'AI VU.

(Chanson faite cette nuit pour un de mes Amis du Théâtre
du Havre, qui ne veut jamais rien voir.)

11 Février 1851.

Air : *Du Vaudeville du 1er prix.*

Pour se punir de l'insolence,
  Des vols et d'autres péchés ;
J'ai vu des hommes d'importance
Prier dans des endroits cachés...
Puis, j'ai vu des agents-d'affaires,
  Des notaires, des avocats,
Ne pas demander d'honoraires
Aux malheureux dans l'embarras.

J'ai vu des grisettes gentilles
A bien travailler s'appliquer,
Et malgré leurs fines aiguilles
Ne jamais se laisser piquer.
Après vingt ans de mariage
J'ai vu des époux s'adorer ;
Et j'ai vu dans un bois sauvage
Des filles ne pas s'égarer.

De peur qu'Apollon ne les tue,
J'ai vu courir avec ardeur
Des auteurs à bride abattue
Pour secourir un autre auteur ;
Sous le chaume et le diadème
J'ai vu des hommes vertueux ;
Et j'ai vu plus d'un Nicodème
Croire aux vertus de ses aïeux.

Malgré l'envie au regard sombre
J'ai vu l'honnête homme en faveur,
Et j'ai vu se cacher dans l'ombre
Des gros parvenus sans honneur...
Puis, j'ai vu chasser le mensonge
De nos palais... je me tais, car
Je n'ai vu tout cela qu'en songe,
Et dans la nuit d'un cauchemare.

Incessamment du même Auteur :

LES ACTEURS ET LES ACTRICES

Du Théâtre du Havre,

peints par eux-mêmes.

www.ingramcontent.com/pod-product-compliance
Lightning Source LLC
Chambersburg PA
CBHW061701180626
46818CB00003B/1206